Bautzener Str 15
Uhren
Lommatzsch
Eisschollen
auf der
Elbe
Galerie
Albertbrücke
D. Friedrich
Brühlsche Terrasse
Albertinum
Kurländer Palais
Tonne,
gegner
Pillnitzer
Kupferstich
kabinett
Güntz

UWE TELLKAMP

DIE CARUS-SACHEN

MIT ZEICHNUNGEN VON
ANDREAS TÖPFER

INSEL VERLAG

Insel-Bücherei Nr. 1460

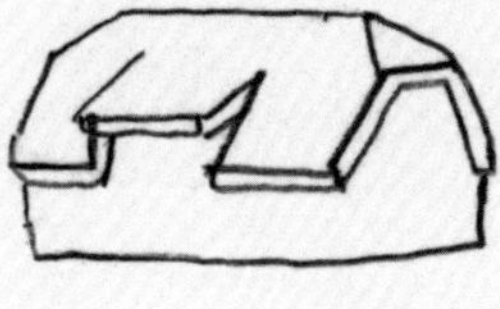

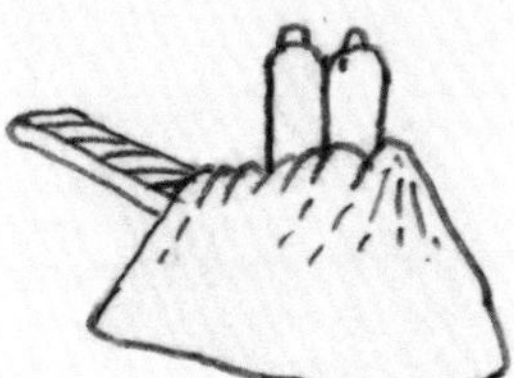

Hauptbahnhof

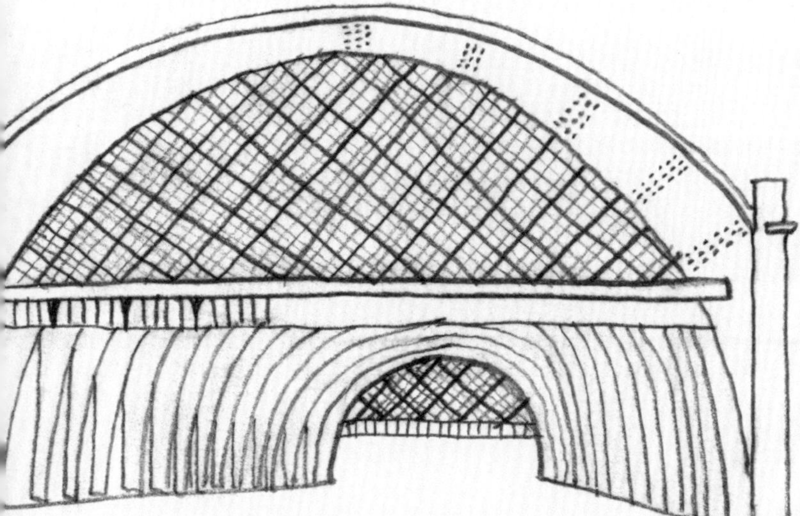

Brühlsche Terrasse

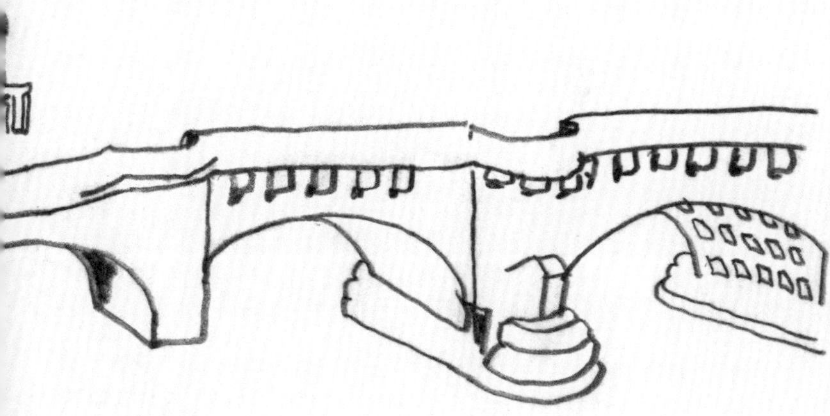

Semperoper

Augustusbrücke Terrassenufer

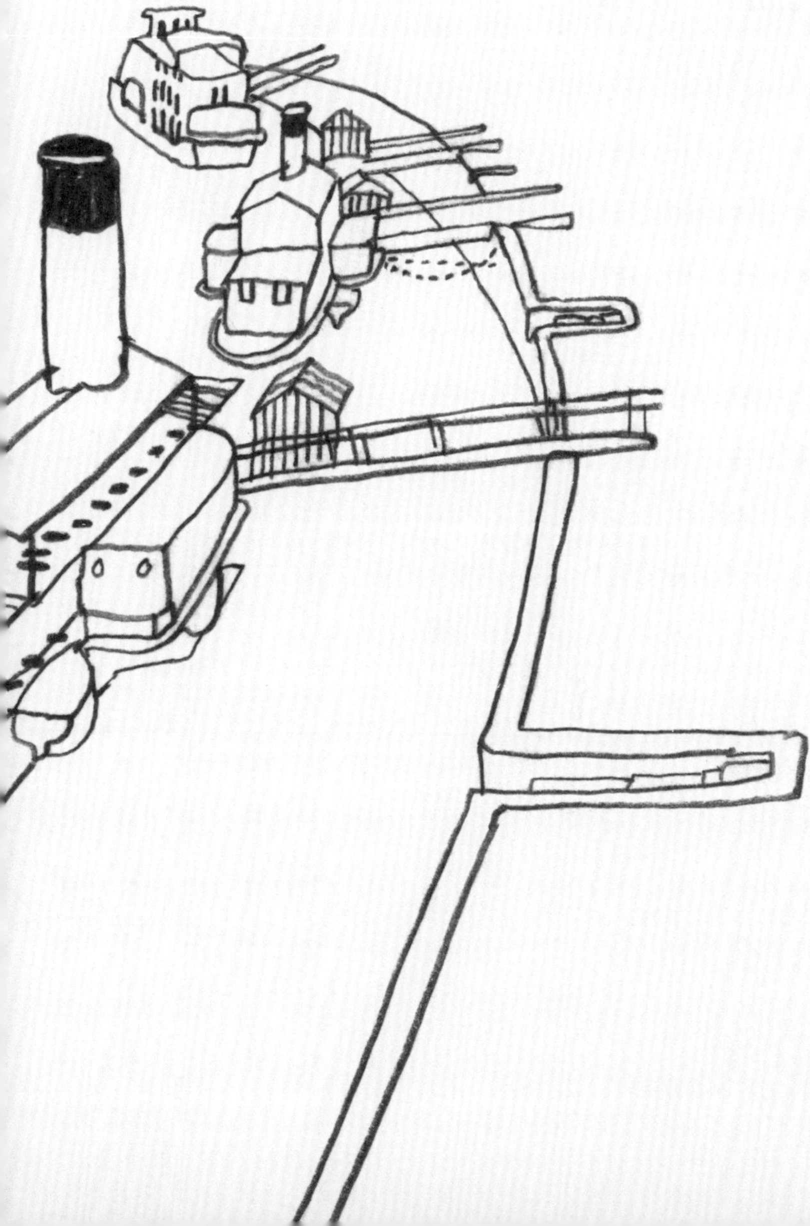

Zwinger

Ständehaus

Kathedrale Sanctissimae Trinitatis

Jazzclub Tonne

DIE CARUS-SACHEN

Jetzt gehe ich wieder zu Carus, sagte Vater, bevor er morgens die Wohnung verließ, und musterte im Spiegel das streng geteilte schwarze Haar, das Dr. Varga, sein aus Rumänien stammender Freund, Mikrobiologe im Lahmannschen Sanatorium, als Pana corbului, Rabenfeder, bezeichnete. Krawatte, Anzug, den winters ein Mantel überdeckte, Hebammentasche mit Stethoskop, Arzneiampullen, Prüfchargen für toxikologische Versuchsreihen, Luer-Spritzen, Ampullensägen in den Gummilaschen, Fingerhut- und Meerzwiebel-Extrakt friedlich neben Schnittenpaket, Kaffeeflasche und zwei gebügelten Stofftaschentüchern: Jetzt gehe ich wieder zu Carus, Fabian, sagte Vater feierlich, doch zurückhaltend, mache mich auf den Weg zum großen Forscher und Künstler, der aus Leipzig stammt und nach Dresden gegangen ist. Diese beiden feindlich befreundeten Schwestern, die dunkle und die helle Venus ähnlich den beiden Frauen der Allegorie Italia und Germania des Malers Overbeck, wobei ich mir nicht im klaren darüber bin, welches der beiden Musennester das dunkle und welches das helle ist. Zu Carus gehen, das hieß in die Akademie fahren, die Medizinische Akademie Carl Gustav Carus Dresden, kurz MedAk, die ihre Wiedergeburt und den Namen zu guten Teilen dem Chirurgen Albert Fromme verdankte, der, einer der Großen seines Fachs und letzter deutscher Universalchirurg, zur Bedingung seines Bleibens in Dresden die Gründung einer Medizinischen Akademie gemacht und die Benennung nach Carus durchgesetzt hatte. Davor hatte die Akademie nach Ernst Thälmann heißen sollen.

Carl Gustav Carus, 1789 in Leipzig geboren und 1869 in Dresden gestorben, Briefpartner Goethes und Humboldts, Teilhaber der Dresdner Romantik um Weber, Caspar David Friedrich, Clausen Dahl, Tieck, wurde fünfundzwanzigjährig zum

Professor der Chirurgisch-Medizinischen Akademie in Dresden und zum Direktor der Hebammenschule berufen, seine Dienstwohnung befand sich im Oberzeugwärterhaus, das nicht mehr existiert, neben dem Kurländer Palais, das im Zweiten Weltkrieg zerstört wurde. Es beherbergte die Akademie bis zu ihrer Schließung 1864. Nach der Zerstörung blieb es lange als Ruine stehen, im Kellergewölbe befand sich von 1981–97 der Jazzclub Tonne, ein weit über die Grenzen Dresdens hinaus bekannter Ort für unkonventionelle Kunstausübung. Das Kurländer Palais war auch sonst kein gewöhnlicher Bau – in den Kellerräumen tagte die von August dem Starken gegründete Societé des antisobres (Gesellschaft der Nüchternheitsgegner), 1738 wurde hier die erste Dresdner Freimaurerloge gegründet (»Zu den drei Schwertern«), später, als der Herzog von Kurland im Palais wohnte, galt es als ein Zentrum für Mystiker und Geisterbeschwörer. Carus, der Künstler und Naturwissenschaftler: Es gehörte wohl zu den produktiv machenden Spannungen dieser Doppel-Veranlagung, daß der Naturwissenschaftler, als praktizierender Geburtshelfer, Leben in einem unmittelbaren und auch durchaus drastisch zu verstehenden Sinn zur Welt verhalf, während der Künstler, der Maler vor allem, im Bann von Kreuz, Tod und Ruine stand, menschenleere Landschaft bevorzugte, abweisende Gebirgsszenerien, Eis.

Seltsam, daß ich Vater winters vor mir sehe – als wäre er in der warmen Jahreszeit nicht zu Carus gegangen, als hätte er sommers in den Klinikgebäuden mit den hallenden Fluren und Zehnbettenzimmern nichts zu tun gehabt. Womöglich hängt meine Vorstellung damit zusammen, daß Vater in den Wintern seine Carus-Sachen hervorzog, wie er sagte, die Abgeschiedenheit seines Arbeitszimmers suchte und Muriel und mir das Lärmen verbot. So etwas schätzen Kinder nicht immer, und wenn wir doch tobten, erschien Vater in der Tür und sagte mit schneidender Stimme: Geburtshilflich gesprochen, ist die Liebe zur Stille ein Reifezeichen!

Dann verschwanden wir rasch, ich kehrte aber bald zurück und preßte ein Ohr gegen die Arbeitszimmertür. Die Carus-Sachen: Das waren vor allem zwei Bücher aus dem Wolfgang Jess Verlag, Dresden, eine Goethe-Biographie, die Carus geschrieben hatte, und eine Schrift über Landschaftsmalerei, die Vater besonders liebte und, der Farbe des Umschlags wegen, gern »die Waldgrüne« nannte. Eindrucksvoller für mich war ein Band mit anatomischen Skizzen, die mir Vater, als er meine Neugier bemerkte, erläuterte, indem er aus dem Arbeitszimmerschrank, der ein schweres Möbelstück war und nach Medikamenten roch, ein präpariertes Flußneunauge nahm, das in einem Glaskasten mit Formalin schwamm und aus den Archiven der Tierarzneischule stammte, wie ein Eigentumsvermerk am Kastenfuß auswies. Sieh dir dieses Flußneunauge an, sagte Vater, dahinter gibt es doch eine Idee, muß es eine Idee geben, das Flußneunauge ist ein Parasit, heftet sich mit seinem Saugnapfmaul an Fische und raspelt ihnen mit seiner Zunge nach und nach die

Muskeln weg, dabei sondert es eine Substanz ab, die die Blutgerinnung verhindert. Das erinnert mich an das Interesse der Romantiker an Wissenschaft und Kunst und an das Bestreben, beide zu vereinigen. Die Romantiker, sagte Vater, sind keine Schwarmgeister, die im Wald vor sich hinstolpern und abends empfindsam sind bei Kerzenschein und Schmacht-Weibern, sie sind Naturforscher im ursprünglichen Sinn des Worts, sie verlieren sich nicht im Speziellen, das sie gleichwohl kennen, sondern versuchen sich einen Begriff des Ganzen zu bewahren. Die heutige Zeit ist ihnen feindlich gesinnt. Die Spezialisten beherrschen alles, aber die Spezialisten sehen nichts, sie schalten ihre Elektronenmikroskope an und damit das Flußneunauge aus, sie betrachten die Zelle, nicht den Körper, studieren Nukleinsäuren und Proteinkanäle, aber kaum noch den Zusammenhang von allem mit allem. Und wissen nicht, Naturwissenschaftler, die sie zu sein behaupten, welches Tier den Zapfen am Wegesrand probiert hat, sie wissen vermutlich nicht einmal, von welchem

Baum der Zapfen stammt, sie gehen vermutlich noch nicht einmal spazieren, das Labor ist ihre Natur.

Ob ich alles verstand, was Vater sagte? Kaum. Aber ich fühlte, daß er mich ernst nahm, wenn er mich zu seinem Gegenüber, seinem Gesprächspartner wählte, obwohl er mehr zu sich selbst als zu mir sprach. Er setzte sich wieder an den Schreibtisch, ich stand davor und starrte auf die Unordnung darauf, die Papierhaufen, den Seifenblasenspender, das Flußneunauge in seinem durchsichtigen Sarg. Es hatte einen Namen, »Pencil«, der Bleistift, es war kaum dicker im Durchmesser als einer von Vaters Bleistiften der Firma Hardtmuth, die es im Papiergeschäft Matthes, neben Uhren-Lommatzsch, zu kaufen gab. Vater wies auf die anatomischen Skizzen.

Der Arzt allgemein, der Chirurg im besonderen, verletzt, um heilen zu können, oft kann er sich nicht sicher sein, was Heilung bedeutet. Unter dem OP-Licht liegt die nackte, desinfizierte Haut. Die Zeichen der Atmung sind zu erkennen.

Der erste Schnitt wird eine unwiderrufliche Spur hinterlassen, einen begrenzten, für den höheren Zweck des Lebens bewußt gesetzten Tod. Setzt der Maler den Stift aufs Papier und zieht eine Linie, beginnt die Verletzung des Papiers, und ebenso wie der chirurgische Prozeß muß auch dieser gut ausgeleuchtet sein, sachlich, wach, konzentriert vonstatten gehen. Die unauflösliche Wechselwirkung, oft ja auch Symbiose, von Krankheit und Leben ist ein Anliegen der Romantik, auch hierin war Carus – wie Caspar David Friedrich – Goethes Schüler. Mit Goethe beginnt die Romantik, der strebende Faust ist keine klassische Idee; mindestens war die Romantik eine von Goethes Möglichkeiten. Die Carussche Romantik, in die Ernüchterungsbäder des Wissenschaftlers getaucht, erscheint mir angenehm kühl und klar, wie die Musik Weberns, Lutosławskis, Bartóks. Sie ist nicht überhitzt und rauschhaft, eher kristallin, ohne trocken oder gar steril zu sein, es gibt hier keinen Schleim wie oft beim Jugendstil, keine Überzüchtung, sondern eine Balance der

Mittel, von Impuls und Form, die sich in der Romantischen Moderne, etwa bei Paul Klee und Hermann Glöckner, fortsetzt.

In nächster Zeit, sagte Vater, haben wir ein Besuchsprogramm. Deine Schwester und du, ihr müßt kennenlernen, was in Dresden und näherer Umgebung an unabhängiger Kunst zu sehen ist: wir werden also die Gymnastikpraxis von Ursula Baring in der Oskarstraße besuchen, verschiedene Ateliers, das von Hermann Glöckner im Künstlerhaus, das Atelier der Krafts in der Schillerstraße, die Galerie in der Rähnitzgasse, das Kernforschungsinstitut Rossendorf, die Pri- 82
vatgalerie von Gerhard Patzig in Freital, die Galerie Kühl in Dresden.

(Wie ich heute weiß, war die Galerie Kühl nicht ganz so unabhängig. IM »Kunath« und IM »Müller« haben dafür gesorgt. Zu den Carus-Sachen gehörte auch ein Zettel, auf den Vater »Vorsicht bei den Legenden« geschrieben hatte, der Zettel war auf den Deckel von Vaters »Optima«-Schreibmaschine geklebt.)

Damals, in den frühen Achtzigern, schien Dresden in der Tiefsee zu treiben. Eine Winterstadt voller Bücherhöhlen und Musikrefugien, vom Zeitsignal des Deutschlandfunks wie mit einem Echolot angepeilt. Eine zugige Sowjet-Provinz voller Mißtrauen und heimlicher Ohren, belagert von Braunkohlenebeln. Es war die Stadt der Neubausteppen Gorbitz und Prohlis, des heruntergekommenen, zum Abriß bestimmten Rückzugsgebiets der Unangepaßten, der Neustadt; die Semperoper wurde wiederaufgebaut, über die Magistralen zogen am 1. Mai die Abordnungen der Betriebe, die Fahnen und Plakate verhießen den Sieg des Sozialismus. Dresden hatte die republikweit größte Zahl von Ausreiseantragstellern, aber auch eine wachsende, meist kirchlich gebundene Opposition. Im Sommer gab es Große Ferien. Im Winter aschbraunen Schnee. Die wenigen Farben verblaßten unwiderruflich; die Kälte, vor der sich die Einwohner in ihre mehr oder weniger verfallenen Behausungen zurückzogen, zeichnete mit Grau, den gedeckten Tönen und feingestuften Übergängen des Elbtals. Auch bei Stromausfällen und Kohlemangel funktionierten die Telefone, und wenn die Öfen im Turm-Viertel keine Brennstoffe mehr hatten, traf man sich in einer der großen, meist von Akademikern bezogenen Wohnungen entlang der Mondleite, bei Arbogast in der Holländischen Leite, im Ballsaal des Hotels Schlemm oder im Vestibül des Katholischen Pfarramts im Haus »Wald-Klause« gegenüber der Villa Zietz, die einem Tabakfabrikanten gehört hatte, und spielte Theater, Shakespeares »Wintermärchen« in Mänteln zu Mütze und Handschuhen, wobei der Atem vor den Mündern rauchte. Herr Magenstock, der evangelische Pfarrer, brachte zur unkonventionellen Ökumene einen monströsen, holzkohlebeheizten Samowar mit. Der damit gebraute Tee wurde für die Erwachsenen mit Schnaps Marke »Weinblattsiegel« aus den Beständen von Schiffsarzt Lange, für die Kinder mit Pfirsichlikör aus Chemiker Kühnasts Eigenbau versetzt und »Vorletztes Gebet« genannt. Vater kam Muriel und mir zuliebe mit, setzte sich auf einen Stuhl ganz hinten, ging aber vorher zu einem Fenster und besah sich den Himmel: Wenn Orion da und dort steht, sagte er zu mir, weckst du mich, dann gehen wir nach Hause. Er sagte nicht: um zehn, um elf, um Mitternacht (dann wurden in den Wohnungen die Gästebetten aufgeschlagen), für ihn war Winter, wenn er nicht zur Arbeit mußte, uhrenlose Zeit, nach Helligkeits- und Dämmerungsgraden, bei klarem Himmel nach den Positionen der Sternzeichen eingeteilt, nicht nach den Zeitmessern im Haus Arbogast oder dem belegt klingenden Schlag der Standuhr im Pfarramts-Vestibül, deren Pendel wie ein Butt aus Messing durch den Uhrenkasten glitt.

Ich erinnere mich an eine Winternacht, als unsere Wanderung zurück zum Haus Wolfsstein, durch die vom frischen Schnee hellen Straßen des Turms führte und Vater von Carus als Arzt sprach, den er sich durch Dresdner Eis- und Dezemberkälte stapfend vorstellte, auf dem Weg zu einer Wöchnerin. Carus der Geburtshelfer war Ende 1814 in die Elbestadt berufen worden, von Statthalter Fürst Repnin-Wolkonski, der nach der Völkerschlacht bei Leipzig Generalgouverneur von Sachsen, mithin Vizekönig, gewesen sei. Sachsen habe, wie so oft, sagte Vater, auf der falschen, damals der Seite Napoleons, gestanden und sei nach dessen Niederlage unter Aufsicht der sogenannten Hohen Verbündeten Mächte gestellt worden. Ende 1814 und bereits nach Repnin-Wolkonski, der übrigens Tolstoi als Vorbild für den Fürsten Andrej Bolkonski in »Krieg und Frieden« gedient habe, unter preußisches Generalgouvernement, was manche der bis heute fortbestehenden Reibereien zwischen Sachsen und Preußen erkläre. Ich habe solche Geburtshelfernächte als junger Arzt noch kennengelernt, sagte Vater, in der nicht endenwollenden Nachkriegs- oder überhaupt einfach Ander- und Außerzeit der ländlichen Gebiete, wo er, Hans Hoffmann, als junger Spund zu praktizieren begonnen habe. Wenn du als Frischling in ein Dorf kommst, habe sein Lehrer, der verehrte Gynäkologe Robert Ganse, zu ihm gesagt, frag als erstes, wo die Hebamme wohnt, ob sie ein Motorrad hat, und wenn ja, wo der wohnt, der es reparieren kann. Braucht es Ersatzteile, ist es dein erster Dienst, in die nächste Kreisstadt zu fahren und sie zu besorgen. Dabei suchst du die Praxis des Kreisarzts auf und bringst seiner Frau Blumen mit. Erkundige dich, ob es im Dorf jemanden gibt, der die Hebamme und auch dich selber im tiefsten Winter, wenn das Motorrad nicht mehr einsatzfähig ist, zu den Gehöften draußen bringen kann. Dann gehst du zur Gemeindeschwester, bei der erfährst du die schwierigen Fälle und die Familienstrukturen. Der Gemeindeschwester bringst du ein Päckchen Kaffee mit, die Gemeindeschwestern haben oft einen schönen Bauerngarten und somit Blumen selber genug. Ein Blumenstrauß für die Gemeindeschwester, vor allem, wenn sie jung und alleinstehend ist, sorgt nur für Tratsch und die Meinung, der Doktor sei ab sofort verlobt. Außerdem, vor allem, wenn die Schwester älter ist, für die Meinung, der Doktor sei unsicher und wolle sich anbiedern. Ich sah ein Foto vor mir, auf dem Vater mit Fellmütze und Hebammentasche aus einer Scheune trat, rechts über der Schulter einen Sack Kartoffeln, eine Zahlung in Naturalien. Im Dorf gebe es, fuhr Vater fort, außer den Großbauern vier wichtige Instanzen: Pastor, Bürgermeister, Arzt und die Großmütter. Die Großmütter seien die heimliche Macht. Auf dem Dorf gehe es zur Not ohne die Männer, der Krieg habe das gezeigt, ohne die Großmütter aber niemals. Wer es sich, gerade als Neuankömmling von der Äskulap-Fakultät, mit den Großmüttern verscherze, könne gleich wieder einpacken. Er müsse an Carus denken, fünfundzwanzig Jahre alt und im Oberzeugwärterhaus in der Dresdner Altstadt neben dem Kurländer Palais in der Geburtshelfer-Dienstwohnung ansässig, Frauen-Chirurgie, Entbindungsanstalt, Hörsäle, Sammlungen, Mägdekammern, Bibliothek, Oberwundarzt unter- und neben sich, dann das berüchtigte und von den jungen Ärzten nicht von ungefähr so gefürchtete heftige Klopfen, sagte Vater, natürlich in der Nacht, sagte Vater, Herr Doktor, es geht los, irgendwo draußen in Schneesturm und Finsternis ein Gehöft, der Hund kläfft, man stapft durch den Schnee und ist erschöpft schon vor allem, was wartet, die Vorsätze hin, die schlauen Vorkehrungen hinfällig, der Bauer schläft, die Hebamme ist im Nachbardorf liegengeblieben, die Großmutter hebt die Lampe, nickt, dreht sich wortlos um, hat fünfzehn Kinder bekommen, blickt noch einmal zurück über die Schulter zum grünen Jungen von Doktor, der ihr Enkel sein könnte und aus der Stadt kommt, Naturforscher, Philosoph, Pantheist, Liebhaber anatomischer Zeichnungen und der Astronomie, der Texte über Grabwespen und Mörtelbienen von Fabre, über Seife, den Kiefernwald und über Kieselsteine von Ponge, besieht ihn sich, diesen Doktor, und sagt: Na, man los, die Frau hat schon Preßwehen, und das Kind liegt quer. Also Wendung auf dem Fuß, denkt sich der Doktor mit Grausen, ausgerechnet beim ersten Mal, wenn ich doch nur den Pschyrembel mitgenommen hätte, zuviel Aufregung in der Eile, das Lehrbuch, das dir beisteht in der Not mit seinen

Merksprüchen in schwarz gerahmten Kästen, und er fragt die Großmutter: Schon Wasser aufgesetzt? Die Großmutter antwortet: Schon heiß, Herr Doktor, die Würste sind schon drin. Der Doktor fragt: Was für Würste? Die Großmutter fragt: Wollen Sie denn nichts essen? In der Stube, im Finstern, der Hausherr spart an Petroleum und Kerzen, beginnt die kreißende Frau die Muttergottes anzurufen, deren Bildnis die Großmutter vor ihr auf den Tisch gestellt hat, wovon aber in der Dunkelheit nur die fischblasse segnende Gebärde eines Muttergottesfingers übriggeblieben ist. Essen? fragt der Doktor. Licht brauch ich, ich muß was sehen! Die Großmutter: Der Doktor Schlohbach, was Ihr Vorgänger war, brauchte auch kein Licht. Der Doktor: Erstgebärende? Die Großmutter: Der Doktor Schlohbach hatte goldene Hände, der Doktor Schlohbach war immer bei mir, und bei mir waren die Kinder schon beinahe draußen, wenn er kam, hab nie ein Licht dazu gebraucht, das erste Kind kam auf dem Feld und ganz alleine unterm Sternenzelt! Der Doktor: Schüsseln brauch ich für frische und alte Tücher, was zum Händewaschen. Die Großmutter: Steht schon da, Doktor, nur die Ruhe, gab nie Schwierigkeiten in dieser Familie, auch wenn jetzt mal eins quer liegt, das kommt vor, und was der Doktor Schlohbach war, sagt die Großmutter, Ihr Vorgänger, wie gesagt, der hätte jetzt alles wie immer gemacht. Wie immer? klammert sich der junge Doktor hoffnungsfroh an diesen Strohhalm, diese außergewöhnliche und plötzliche Verheißung und Beruhigung mitten in der Winternacht. Wie immer, die Großmutter nickt, Kampfer ist auch da, bloß die Hebamme nicht, und die brauchte der Doktor Schlohbach zum Wie immer.

Äußere Wendung, sagte Vater zu mir, das Kind wird von außen gedreht, durch die Bauchdecke der Schwangeren, denn liegt das Kind quer zum Geburtskanal, kann es nicht auf natürliche Weise geboren werden. Es ist eine Indikation zum Kaiserschnitt, das würde man heute tun, aber damals, draußen auf dem Land, in einem abgelegenen Gehöft, die Bäuerin war nicht rechtzeitig in die Kreisstadt gefahren, in die Klinik, und ich als junger Arzt, der sich noch nicht einmal in der Klinik einen Kaiserschnitt zugetraut hätte, meine chirurgische Ausbildung war kurz gewesen. Also äußere Wendung, zunächst, ein Versuch, ich wußte, das würde nichts nützen, meist war es gar nicht möglich, in den Wehen das Kind von außen zu drehen, so auch hier, bei meiner Carus-Patientin, sie stammte aus dem Osterzgebirgszweig der Familie Carus. Also innere Wendung. Hände waschen so gut und gründlich es geht. Irgendwo hat die Alte ein Talgstümpchen aufgetrieben, Ärmel hoch und das Kind, am besten einen Fuß, zu erwischen versuchen, während die Mutter sich unter den nutzlosen, aber wie schwerste Brandung anrollenden Wellen der Geburtswehen hin- und herkrümmt und -wälzt, während der Alte, der Großvater, im sogenannten Altenteil des Gehöfts einen Neujahrsrausch verschnarcht und sein Sohn, der Vater des zu sterben drohenden neuen Erdenbürgers, oben in der Kammer liegt und seinen Anteil am Neujahrsrausch hörbar, rhythmisch gaumensegelsetzend herausposaunt in den Pausen des Wehengeschreis und der großmütterlichen Beschwichtigungsgebete. Der jungen Frau im Bett, gestützt auf Kissenpfühle, geht es immer schlechter, sie blutet, der Doktor bekommt endlich eine Kindsferse zu fassen, noch eine, also geht's Füße voran auf die Welt, seltsame Symmetrie, denkt der Doktor, so wird es auch Füße voran aus der Welt gehen, hineingekippt werden wir, denkt der Doktor, und herausgekippt werden wir, während er Po und Rücken tastet. Der Rücken liegt oben, gut so, der Doktor streckt den Unterarm, die Füßlein sind schon entwickelt, wie man sagt, also draußen. Er läßt das Kind auf dem Unterarm reiten. Das Gefährlichste kommt noch, du junger Carus, denkt der Doktor, denn bei dieser Art von Geburt verklemmt sich die Nabelschnur im Geburtskanal zwischen Köpfchen und Beckenwand, dann droht der Fötus zu ersticken. Der Doktor greift mit dem Mittelfinger ins Mündchen, nächste Wehe, Kind nach unten klappen, die Frau wimmert, bekommt einen Dammriß, den die Großmutter, angeleitet vom Doktor, mit Schweinebauchnadel und Katzendarmfaden notdürftig stopft. Das Bett voller Blut und Fruchtwasser, Kind nach oben klappen unterdessen, immer schön mit der Brandung, wie der verehrte Ganse auszudrücken pflegte, rasch, doch behutsam, das Kind darf auf keinen Fall steckenbleiben. Der Doktor muß aufpassen, daß die Großmutter im Funzellicht nicht noch aus Versehen das Kind annäht, so wackeln ihr die Hände, so windet sich die Kreißende im Bett umher, krampfend, geschüttelt von Wehen, hat gottseidank ein breites Bauernbecken, die junge Frau, ein Gebärbecken, wie der verehrte Ganse auszudrücken pflegte. Als er draußen ist, der kleine Carl Carus, die erste Geburt meines Vaters, ist die Hebamme da, gemeinsam tauchen sie das Kind, das reglos hängt, abwechselnd in warmes und kaltes Wasser, reiben es mit Kampfer ab. Die Hebamme hält es koppheister, klatscht ihm auf den Po, wieder Tauchgänge, bis das erste Atembläschen erscheint und die Großmutter die Hände über dem Kopf zusammenschlägt und murmelt: O Gott, Herr Doktor, es lebt! und ein Quaklaut tatsächlich Leben vermeldet. Die Großmutter läuft nach draußen, kommt mit frischen Handtüchern für Neugeborenes und Wöchnerin wieder und mit den im Windelkochtopf, in dem für die Geburtshilfe bestimmten heißen Wasser, seit Stunden immer wieder aufgewärmten und nun endlich fertigen Würsten.

Seit 1834 bewohnt Carus die Villa Cara in der Großen Borngasse. Tieck gibt Rezitationsabende, Wilhelmine Schröder-Devrient, gefeierte Operndiva des 19. Jahrhunderts, singt Lieder, Caspar David Friedrich ist zu Gast, man lauscht dem Klavierspiel der kleinen Clara Wieck, später verheiratete Schumann. Carus entdeckt den Blutkreislauf der Insekten. Universal-Geist, Naturphilosoph, Arzt und Maler, Mitglied der Dante-Gesellschaft des Königs Johann von Sachsen, Vorsitzender der Wissenschaftsakademie Leopoldina, Grübler, der den Geheimnissen des Menschen nachsinnt, eine Goethe-Biographie und »Neun Briefe über Landschaftsmalerei« schreibt, Lehrbücher zur Gynäkologie und zur Vergleichenden Anatomie, letzteres an der Leipziger Medizinischen Fakultät bis in die 90er Jahre des 20. Jahrhunderts zitiert, Angehöriger einer um das Zentralgestirn Goethe gruppierten Gilde, zu der Namen wie Novalis, Büchner, Manley Hopkins, Wentworth Thompson, Gracq, Ponge, Fabre, Jünger, Benn gehören, stilles, unaufgeregtes Fortwirken, Zusammenschau der Phänomene, Beschäftigung mit der Metamorphose der Pflanzen, mit Knochenbau, Grabwespen, Käfern, Kieselsteinen, den verschiedenen Formen von Wimpern; meilenweit entfernt von Twitter-Aufgeregtheiten, Blogosphären-Geschwätz und Mediengedröhn, das alles, was es nicht kennt und in seiner Erfahrungs-Pubertät schon einmal selbst erlebt hat, für wunder wie neu, schrecklich, nie dagewesen hält.

Die Kunst des Gesprächs. Sich als Teil einer weit über die Gegenwart fortdauernden Bemühung um Sinn des Lebens und das Rätsel des Menschen begreifen. Selten waren solche Zeiten und Geister immer. Carus hatte in Dresden stets eine unentwegte Anhängerschaft, die Carusianer. Sie besaßen die Carusbücher aus dem Wolfgang Jess Verlag, edel gedruckt und gutgehütet, denn den Verlag gab es nicht mehr, er war unter beiden deutschen Diktaturen des 20. Jahrhunderts enteignet worden. In den Neuen Meistern hing das Bildnis »Eichen am Meer«, von dem behauptet wurde, es sei darauf die Insel Vilm dargestellt, jenes bis 1989 für Normalbürger unzugängliche Eiland südlich von Rügen, auf dem der Ministerrat Urlaub machte. Man konnte sich einbilden, von Dresden aus einen verbotenen Blick in dieses Sperrgebiet werfen zu können. So kam Carus sogar unter die real existierenden Dissidenten.

An die Tür von Vaters Arbeitszimmer war ein verglaster Holzrahmen geschraubt, darin ein Schild aus weißem Karton, auf dem in Schreibmaschinen-Blockbuchstaben das Wort STERNWARTE stand. Die Lettern hatten rote Füße, das Zweifarbband von Vaters Schreibmaschine ließ sich nicht genau auf eine Farbe, Schwarz oder Rot, umschalten. In die Sternwarte gehen, sagte Muriel, und meinte das Arbeitszimmer, nicht Arbogasts Volkssternwarte an der Turmstraße oder das sogenannte weiße Ei in seinem Garten am Elbhang, die Hauptsternwarte der Arbogastschen Institute, auch meinte sie nicht die Archenhold-Sternwarte in Treptow, an der Großmutter als Bibliothekarin gearbeitet hatte. In die Sternwarte gehen, sagte meine Schwester, wenn sie vor dem Arbeitszimmer stand und noch unschlüssig war, ob sie es betreten sollte. Eine unsichtbare Schranke hielt uns davon ab, selbst wenn Vater nicht da und die Tür, was selten genug vorkam, nicht abgeschlossen war. Oben hatte die Tür einen Schliffglaseinsatz, der im Licht von Vaters Schreibtischlampe ein verlockendes Meergrün annahm.

Wir nannten es auch das Zimmer mit den Schneekristallen. Kein anderes Zimmer unserer Wohnung zog mich so an. An der linken Wand, zwischen Mutters »Veritas«-Nähmaschine und einem Schrank für Vaters Jacken, Mützen,

Mäntel, die Indianersachen meiner Eltern, hing eine Mondkarte aus dem Volkseigenen Betrieb Hermann Haack zu Gotha, daneben ein Carus-Porträt. Es blickte auf das ungewöhnlichste Bild in unserer Wohnung, ein Querformat, einen Meter lang, aber nur zwanzig Zentimeter hoch, Verglasung und Rahmen hatten eigens angefertigt werden müssen. Das waren die »Schneekristalle« des Malers Bourg, der auch die »Schwarzen Pflanzen« im Flur und die »Nachtschattengewächse« gezeichnet hatte, die Vater in einer Mappe in der Gift-Bibliothek aufbewahrte; je sechs Schneekristalle bildeten einen großen Schneekristall, von denen es wiederum sechs gab, keine Form wiederholte sich, alles wirkte symmetrisch, streng, klar, und dennoch war es eine von einem Märchen durchspielte Komposition.

Später sprach Vater in solchen Winternächten gern über die Skizze. Ich erinnere mich an einen
10 Gang über die Brühlsche Terrasse, er hatte mir Tiecks Wohnung am Altmarkt zu zeigen

versucht, in der die berühmten Lesungen des Cervantes- und Shakespeare-Übersetzers stattgefunden hatten, mit den Freunden Baudissin und Carus und manchen anderen Honoratioren. Der Tiecksche Salon war ein Mittelpunkt des Dresdner literarischen Lebens gewesen. Vater hatte mich zu einem seiner Freunde mitgenommen, dem ehemaligen Wismut-Bergmann und späteren Maschinen-Einsteller im VEB Fettchemie, Zimmermann, der in der Eisenstuckstraße in der Südvorstadt lebte. Auch er war Carusianer und, wie Vater sagte, ein spekulativer Kopf. Nach der Arbeit verbrachte Herr Zimmermann Stunden im Kupferstichkabinett an der Güntzstraße, in der Landesbibliothek an der Marienallee in Klein-Moskau, wie die ehemalige Albertstadt der vielen dort kasernierten Soldaten der Roten Armee wegen genannt wurde, und in den Neuen Meistern, wo das Carus Gemälde »Eichen am Meer« hing, über dessen Bewandtnis er Vater und mich aufklärte. Herr Zimmermann war Autodidakt und hatte sich, wie viele Autodidakten, ein profundes Wissen in seinem Spezialgebiet, der Dresdner Romantik, angeeignet. Vater schätzte Herrn Zimmermann, kam von den Besuchen in der Eisenstuckstraße fröhlich und angeregt wieder. Endlich mal jemand in diesem Residenz-Nest, mit dem man über Schelling, Geisterlehre, die Bedeutung der Skizze sprechen kann, außerdem kennt er die Bergwerke von Johanngeorgenstadt und Annaberg bis Freiberg, Zinnwald, Glashütte, das ganze Erzgebirge. Manchmal, sagte Vater, während wir über die Brühlsche Terrasse gingen und er wie so oft beim Blick über den nächtlichen Strom den Sternhimmel betrachtete, ist Surrealismus nichts als Wahrheit. Hört man »Amt für Maße und Gewichte«, könnte man sich in Kafkas Welt versetzt fühlen, dabei existierte ein Amt mit diesem Namen, der wohl einfach das Eichamt bezeichnete, in St. Petersburg, der Vater des Komponisten Schostakowitsch arbeitete dort. Ich glaube, sagte Vater, Carus hat in diesem Amt für Maße und Gewichte, in seiner Leipzig-Dresdener Filiale, eine wichtige Stellung bekleidet. Man muß ja unter die Oberfläche der

Dinge dringen, und dazu ist es notwendig, sich von seinem Ich zu lösen; das Ich ist ein Fesselballon mit bedeutendem Auftrieb, und was dieses Auftriebs-Ich nicht begreift, ist, daß auch das All ein Unten ist, daß die Sterne in der Tiefe stehen und nicht erreichbar sind mit einem solchen Ballon. Nachts am Himmel die Sterne, sagte Vater auf der Brühlschen Terrasse, das ist einerseits Quatsch und andererseits die Blindenschrift der Sehnsüchtigen. Ob sie nicht zum Amt für Maße und Gewichte gehört und seine Flure, die ich mir als Gehörgänge vorstelle, nichts von ihrer stummen, da zunächst ganz optischen Musik wahrnehmen, die sich, da immateriell, nicht verbraucht. Obwohl sie aus Licht gemacht ist, das uns erreicht, wenn die Explosion, von der es ausging, schon seit Jahrmillionen erloschen ist. Eine Blindenschrift, über die wir mit Blicken tasten, eine optische Musik, Auge und Ohr in ein Bild geschaltet, das schief ist und trotzdem stimmt, weil es nach dem Geschmack der Wahrheit riecht, wie August des Starken Daumenabdruck im Terrassengeländer.

Vater lachte. Jetzt kam er auf die Cruzeliusschen Schriften zur Dresdner Romantik zu sprechen, die ihm sein Freund Zimmermann in der Eisenstuckstraße gezeigt hatte und die dem Freund Zimmermann wiederum leihweise von Annaliese Mayer-Meintschel überlassen worden waren, Direktorin der Gemäldegalerie Alte Meister und verheiratet, wie ich von Vater erfuhr, mit Rudolf Mayer, Herausgeber der »eikon-Presse«, eine dieser stillen, gegen alle Widerstände gehegten und verteidigten Früchte des Elbhangs; Cruzelius also, kehrte Vater zurück, einer der besten Kenner unseres Zirkels zeichnender, malender, musizierender, philosophierender, grübelnder, schellinglesender Existenzen, die man, stellt man sie neben den auch hierzulande vorherrschenden Typus des Hamsterrad- und Habenwollen-Menschen, als Sonderlinge bezeichnen muß. Der Kunstromantiker Cruzelius von der Schevenstraße habe, so sein Freund Zimmermann, in einer seiner Schriften bezweifelt, daß das Gemälde »Eichen am Meer« in den Neuen Meistern eine Landschaft der Insel

Vilm darstelle, jene südlich von Rügen zwischen den Häfen Lauterbach und Gager im Greifswalder Bodden träumende, geheimnisumsponnene, da nur Ministern und ihren Gästen zugängliche, von Militärposten bewachte und hermetisch abgeriegelte Insel in Form eines Weinglases, auf der, wie sein Freund Zimmermann von einigen Fischern und deren Söhnen erfahren habe, sogar unser Generalsekretär gewissermaßen nur als Gatte seiner Frau, der Lila Ministerin für Volksbildung, geduldet, da eben selbst kein Minister sei. Cruzelius habe angeblich behauptet, sagte Vater, daß Freund Zimmermann einem Irrtum unterliege und die »Eichen am Meer« mit dem Ölgemälde »Erinnerung an eine bewaldete Ostseeinsel« verwechsle. Ich hatte die Erregung gesehen, mit der Herr Zimmermann vor meinem Vater die Cruzeliusschen Argumente abschmetterte. Er, Hans-Joachim Zimmermann, wohnhaft in der Eisenstuckstraße, nicht in der vornehmen Schevenstraße, könne dazu nur sagen, daß er, wohl im Gegensatz zu Herrn Cruzelius, einmal heimlich in einer lauen Sommernacht zum Vilm hinübergeschwommen sei, an den Bootspatrouillen vorbei und die künstliche Insel östlich des Vilms im Blick, die als Entmagnetisierungsstation der Volksmarine gedient habe, geschwommen in einer Mischung aus wahrhaft romantischem Wahrheitsdrang und Tollkühnheit, das Gekreisch der auf der Entmagnetisierungsstation hausenden Seevögel im Ohr; wie er, der Bergmann Hans-Joachim Zimmermann, aus Angst vor den Patrouillen stundenlang im Dickicht gehockt habe, bevor er den von Carus ebenso schön wie akribisch dargestellten Eichbaum zu suchen begonnen habe. Und während er einen solchen Eichbaum tatsächlich entdeckt habe, am Steilufer des Großen Vilm hinter den elf reetgedeckten Ministerhäusern, wo ein an revolutionärem Liedgut reiches Trinkgelage im Gange gewesen sei, Carus' Eichbaum an diesem Steilufer mit unvergleichlichem Blick über den mondbeglänzten Bodden, aus dem die Lila Ministerin, wie er beschwören könne, soeben als Aphrodite an Land stieg, während er also den Baum bewunderte, aber zwischen seinen Formen und der Ministerin hin- und herschwankte, sich zugleich an der Entdeckung des Carusschen Eichbaums und über die Voraussetzung dieses Umstands, das Hiersein auf dem Vilm, gefreut habe, sei er von einem Mann im Schatten dieser wahrhaft vorzeitlichen Eiche angesprochen worden, leise und zaghaft, an der Stimme habe er ihn erkannt, es sei niemand anderes als unser Generalsekretär gewesen, der melancholisch und offenbar ohne Leibwächter unter dem Riesen gehockt habe, den er, Hans-Joachim Zimmermann, eindeutig als den auf dem Carusschen Gemälde nun identifizieren konnte, da ein Strahl bleichen Mondlichts auf den Stamm und die volle, seit Jahrhunderten unverbildete, ungeheuer ausladende Krone des Baums gefallen sei. Der Generalsekretär also habe ihn, Hans-Joachim Zimmermann, angesprochen, ob er an Gott glaube? Es gebe Situationen, wo man dergleichen fragen dürfe, auch als erster Mann im Staat. Der Generalsekretär habe ihm mit vom Mondlicht voll getroffenen und dadurch spiegelnden Brillengläsern ins Gesicht geblickt und, so sein, Hans-Joachim Zimmermanns, Eindruck, sich gar nicht gewundert, daß vor ihm ein fremder Mann stand und dem Landgang der Lila Ministerin zusah, die klagte, daß sie von einem Krebs gezwickt worden sei. Vielleicht auch habe der Generalsekretär ihn überhaupt nicht als fremd eingeordnet, sondern für ein Mitglied des Personals gehalten; die Vorstellung, jemand befinde sich unberechtigt auf diesem Eiland, sei ja auch nahezu unwahrscheinlich erschienen. Er habe auch den Eindruck gehabt, daß sich der Generalsekretär über diese unverhoffte Begegnung freute, vielleicht schätzte er die Spontaneität, die in dieser Begegnung zum Ausdruck komme, habe er, Hans-Joachim Zimmermann, damals gedacht. Vielleicht ist unser Bild von unserem Generalsekretär, von Vorurteilen umhängt, wie es ist, ein falsches. Vielleicht ist er im Grunde ein einsamer Mensch und sehnt sich nach Gemeinschaft und Gesellschaft wie wir alle, und bekommt sie nicht in seinem Funktionärsghetto, in seinem von Uniformen umstellten, abgeschirmten Dasein. Vielleicht würde er ganz gern abends in eine Wohnung am Prenzlauer Berg nach Hause kommen, ein wenig älter geworden von des Tages Müh' und Last, aber ohne die Verantwortungs-Zentner auf den Schultern, die ein Staatsoberhaupt immer zu tragen habe, sogar hier, auf dieser idyllischen Ostsee-Insel; ein braver, von Gut und Böse und der klaren Trennung zwischen beiden überzeugter Mann, ein Bier- und Feierabendmann, auf den zu Hause Pantoffeln und Kinder vor dem Bildschirm bei Sandmännchens Abendgruß warten, wie auf unsere Dissidenten, diese guten Gewissen von Ost-Berlin. Er habe geantwortet, ja, er glaube an Gott, und habe den Eindruck gehabt, daß dies dem Generalsekretär geholfen habe. Der Generalsekretär hatte die Brille abgenommen, so etwas wie Erleichterung war über das müde und durch unzählige Bildnisse in öffentlichen Räumen nur allzu bekannte Gesicht geglitten. Der Generalsekretär habe ihm für die Offenheit gedankt und sei dann, etwas über die Unordnung auf der

Insel Vilm murmelnd, die vor allem in der Dunkelheit besorgniserregende Ausmaße annehme, das Steilufer hinab zu seiner inzwischen mit weißen Tüchern bedeckten, ein Bein in die Höhe haltenden und dadurch einerseits statuenhaft, andererseits wie ein großer Silberreiher wirkenden Gattin gegangen. Wie auch immer sei er nach diesen Erlebnissen mehr denn je davon überzeugt, zitierte Vater seinen Freund Zimmermann, daß wir hier, in der Galerie Neue Meister, mit dem Carusschen Gemälde »Eichen am Meer« einen Blick, gewissermaßen ein Fernrohr, auf die Insel Vilm besäßen, dieses geheime Gebiet, dessen Naturwunder, wie ihm Fischer anderntags erzählt hätten, einzigartig seien. Jahrhundertelang unberührter Wald, in dem Gänsesäger und Seeadler brüteten, der Große Eichenbock, ein Käfer mit strohhalmlangen, zurückgebogenen Fühlern, anderswo längst ausgestorben, komme auf dem Vilm vor und auch die sonderbarste Fischerei, von der er, Hans-Joachim Zimmermann, je gehört habe. In der Hungerzeit nach dem Krieg seien die Fischer des Örtchens Gager mit ihren Booten hinausgefahren, um Wildschweine zu fischen, die von Rügen nach dem Vilm schwammen, um ihren Appetit auf die unter den Carus-Eichen in rauhen Mengen verstreut liegenden, überaus schmackhaften Carus-Eicheln zu stillen. Die Fischer hätten die Borstentiere, von denen nur Borstenkämme, keck gelüpfte Ringelschwänzchen und Rüsselscheiben aus dem Wasser geragt hätten, mit ihren Netzen gefangen.

1861 erscheint das naturphilosophische Hauptwerk »Natur und Idee oder das Werdende und sein Gesetz«. Naturphilosophie ist die Grundlage der Naturforschung, nicht deren irrationales Anhängsel. Naturphilosophie ist das eigentliche Erkenntnisziel der Naturforschung, soll den erkennenden Menschen in die Lage versetzen, dem Gang der Natur geistig nachzufolgen; Natur und Ich sind nicht getrennt, sondern finden sich im Absoluten (Carus übernimmt das von Schelling), sind »gleiche Emanationen höchster Wesensart«. Carus ist kein Darwinist.

Er ist auch nicht kompatibel mit der heutigen faktenorientierten, dem Begriff abstrakter Wahrheit manchmal allzu unreflektiert folgenden Wissenschaft, die glaubt, daß wir schon etwas wissen, wenn wir im Feuilleton als Publicity-gag sechs Seiten Basensequenzen des menschlichen Genoms veröffentlichen.

Wie öde, sagte Vater, liest sich die überwältigende Mehrzahl heutiger wissenschaftlicher Schriften im Vergleich zu Carus' – und nicht nur seiner – Arbeiten. Früher schrieb man besser. Die Kantschen Briefe! Es ist ein Genuß, diese Prosa zu lesen. In Deutschland haben nur Thomas Mann, Kafka, Schiller und Goethe ähnlich gute Briefe geschrieben, wenngleich Goethe, vor allem der späte, manchmal stelzt. Aber der letzte Brief an Humboldt! Die Kunst des Briefeschreibens, sagte Vater, wo ist sie geblieben.

Die Auseinandersetzung mit dem scheinbar abgetanen Gedankengut der Naturphilosophie lohnt sich, es ist fraglich, ob wir wesentlich darüber hinausgekommen sind, problematisch, wie manche Thesen gleichwohl sind (Einteilung der Menschheit in Tag- und Nachtvölker, östliche und westliche Dämmerungsvölker). Die Natur als allgemeine Form des Ich. Aufgabe der Naturphilosophie im Carusschen Sinn ist es, von der Vielfalt der Phänomene (Chaos) zum einigenden Prinzip (Idee) zu gelangen, das Absolute, die in der Natur wirkende Weltvernunft, sichtbar zu machen. Sinn und Ziel des Kosmos, der Einheit von Sinn und Werden, ist der Mensch, sagt Carus. Göttliche Gesetze »... bethätigen sich ... mit eiserner Notwendigkeit«, gelangen aber nur dann zur »Freiheit der Selbstbestimmung«, wenn »eine Wiederspiegelung des Göttlichen selbst in Form des Geists hervortritt«. »... eine Spiegelung, deren eigne Vollendung jedoch wieder nur dadurch vollkommen erreicht wird, daß sie ihre erlangte Freiheit den allgemeinen Gesetzen opfert, oder vielmehr, daß sie von da an nur in Uebereinstimmung mit derselben sich bethätigt, und so also im eigentlichen Sinne in Gott wieder eingeht.« Das sei, nach Reinhard Mocek, die Grundidee der Carusschen Naturphilosophie.

Es war schon lange nach Mitternacht auf der Brühlschen Terrasse. Der Pullover, den Vater mir gegeben hatte, wärmte kaum, aber Vater dachte nicht daran, den Weg nach Hause einzuschlagen. Er wies auf ein erhelltes Fenster im Ständehaus, in dem sich das Tierkundemuseum, und hinter dem erhellten Fenster mit Oswald Trützschler, einem weit über die Stadtgrenzen hinaus bekannten Rüsselkäferforscher, ein weiterer Carusianer an der Arbeit befand, wie Vater sagte. Auch mit ihm kann man sich über die Skizze unterhalten. Die Skizze, sagte Vater, erhebt keinen Anspruch auf Vollendung. Sie ist davon frei, indem sie den Bezirk, wo Vollendung angestrebt wird, nicht berührt, sie drückt aus: Ich bin vorläufig, und darin liege, sagte Vater, die Bescheidenheit ebenso wie die oft verkannte Größe der Skizze. Sie wird gemacht für etwas anderes, und diese Haltung, die gleichwohl Entdeckerlust kennt, kann auch Freiheit bedeuten. Freiheit in einer reinen Form, denn das übliche Verständnis von Freiheit enge sie auf ihr, salopp gesprochen, Adelsprädikat ein, ihr »von«, sagte Vater, es beziehe den Begriff zu sehr auf seine Herkunft und verbinde ihn dadurch damit. Und wo es Verbindungen gibt, sagte Vater, fliegt man nicht losgelöst. Es gibt nicht nur eine Freiheit »von«, es gibt auch eine Freiheit »zu«. Wieder erinnere ich mich an Vater, wie er im Arbeitszimmer saß, anatomische Atlanten auf dem Schreibtisch aufgeschlagen, vor sich den formalingefüllten Glaskasten mit Pencil, dem Flußneunauge –, und doch, Fabian, sagte Vater, wir zerlegen das Pflanzenblatt in seine Zellen, bis zu den Atmungsöffnungen, Fasern, Gefäßen, durch die der Turgor die Säfte hinauftreibt, wir haben die Wissenschaft der Vergleichenden Anatomie und können das kleinste Tier mit Mikrotomen in immer noch kleinere Gebilde zerschneiden, wir kennen das Chlorophyll und seine Wirkungsweise, gehen hinunter bis auf die Atome, – und doch: Beleben wir mit all unserer Wissenschaft auch nur die winzigste Milbe, setzen wir das einfachste Pflanzenblatt zusammen, lassen es grün werden und wachsen an der Sonne?

Kupferstichkabinett, Carus-Zeichnungen. Ich mache mir Gedanken über Begriffe wie Übung, Entwurf, architektonisches Kapital und Bedürfnis, die Skizze, die ihr eigenes Recht behauptet und dem sogenannten fertigen Werk nicht immer unterlegen ist. Alles, was einengt, kommt später. Sie dient der Vorbereitung. Die Skizze muß nichts beweisen, es droht nicht sofort das Große Ganze, der Stift darf spazierengehen und Beobachter des Augenblicks sein – der freilich, sagt Schiller, der mächtigste aller Herrscher ist.

Manchmal holte ich Vater aus der Akademie ab, sah ihn mir entgegenkommen mit Hut und Mantel im Schneelicht der Laternen, in sich gekehrt, meist bemerkte er mich erst, wenn ich ihn ansprach. Ich wartete beim Pförtner oder vor der Augenklinik, nicht vor dem Pharmakologischen Institut, an dem er als Toxikologe angestellt war, oder vor der Hautklinik, in der er Versuchsreihen betreute und wo ich ihn, im Pulk von Schwestern und Ärzten, die mit ihm das Haus verließen, nicht für mich gehabt und ihn, so spürte ich, machtloser gesehen hätte als sonst, relativiert von Kollegen, die im äußeren Rang vielleicht über ihm standen. Vielleicht fürchtete ich auch, Vater in einer bittstellerischen oder auch nur dankbaren Haltung zu sehen – und Spott, Herablassung, Hochmut auf den Gesichtern der anderen Ärzte. Hin und wieder deutete Mutter an, daß Vaters Stellung in der Akademie keine gefestigte war, er genoß zwar die Achtung seiner Chefs, des Pharmakologen Feller und des Dermatologen Kleine-Natrop, hatte aber, seiner Bürgerrechtsaktivitäten wegen, Schwierigkeiten mit dem Rektorat und diversen Vertretern der Einheitspartei; manchmal rutschte Mutter ein Wutwort heraus, dem ich entnahm, daß man sich über Vater und seine Neigungen auch lustig machte.

Weißt du, eigentlich könnten wir noch ein wenig in die Schubertstraße gehen, sagte Vater, wenn ich ihn von der Akademie abholte und er das Kernforschungsinstitut Rossendorf erwähnt hatte. Er stellte eine Verbindung zwischen dem Institut und unserer ersten Wohnung her, die sich in der Schubertstraße 26 befunden hatte, gegenüber dem Pathologischen Institut und einem Hörsaal in dem zur Goetheallee hin gelegenen Straßenteil. Unsere Wohnung, die meinen Eltern nach ebenso demütigenden wie zähen Ämtergängen nach der Geburt von Muriel und mir zugewiesen worden war, befand sich unter dem Dach, zwei Zimmer ohne Bad, kaputte Elektrik, zerbrochene Fensterscheiben waren durch Sperrholz ersetzt. Vater sprach selten über diese Zeit, als Iris und er jung verheiratet und zwei kleine Kinder in einer winzigen und baufälligen Wohnung zu versorgen gewesen waren; Mutter dagegen geriet ins Erzählen, sobald man »Schubertstraße« sagte oder »weißt du noch: das grüne Haus, Nummer sechsundzwanzig«. Dann erzählte sie, wie sie am ersten Tag bei der Besichtigung im Treppenhaus gestanden und zuerst auf eine riesige Sisalagave, dann in den Flur, wo Kinderbadewannen das Regenwasser auffingen, gestarrt hätten, und wie sie die Hausgemeinschaft empfangen habe, junge Leute wie sie außer einem Staatskapellmusiker im Hochparterre, Posaunist Bambula; es hatte ein Ständchen gegeben, einen Umtrunk, dann hatten sie zu arbeiten begonnen: Tonnen von Schutt wegräumen, Putzreste abschlagen, schadhafte Ziegel durch neue ersetzen, überhaupt: Material besorgen (der Posaunist hatte Beziehungen), das Haus neu abputzen, wochen-, monatelang, und alles nach der eigentlichen Arbeit in der Klinik (Vater), im Zeichensaal von Pentacon (Mutter), im Kernforschungsinstitut Rossendorf (die Bewohner der Beletage); neue Öfen mußten gesetzt und die alten, versotteten, abgebrochen werden (»der Dreck, der Dreck!« rief Mutter dann aus und griff sich an die Stirn), Glas für das Oberlicht im Treppenhaus beschafft und fachgerecht eingesetzt werden – dergleichen schweißt zusammen und läßt mich das

Wort von der menschlichen Wärme, die damals mehr als heute geherrscht habe, im richtigen Teil seiner Falschheit verstehen. Vater machte sich weniger Illusionen, er sprach von der Kriegswärme, dem Zusammenrücken der Menschen in Notsituationen, schon sein Vater habe davon erzählt. Aber diese Notwärme verschwinde, sobald die Not verschwunden sei, und dann entstehe die Wärme der Verklärung. Ziegel um Ziegel, Putzstrich um Putzstrich wurde das Haus instandgesetzt, vermoderte Auslegware herausgerissen und die darunter zum Vorschein kommenden Dielen aufgearbeitet, »mit dem Bimsstein in der Hand / scheuern wir das Deck mit Sand«, wie Posaunist Bambula zu sagen pflegte.

»Weißt du noch: das grüne Haus«: Und später, wenn ich mit Vater zu einem Kunst-Abend ging, zu den Rossendorfern, wie er sagte, die noch im Haus lebten, suchte ich das Bronzeschildchen am Sandsteinpfeiler des Garteneingangs, das aus der Bauzeit des Hauses stammte und bis
80 auf den Schriftzug »Schubertstraße 26« mit

Patina überzogen war; die feine, rankenhafte Frakturschrift hatte Mutter poliert, bis sie blinkte. Über der Haustür der Frauenkopf mit Schlangenhaar, der mit schmerzlich verzogenen Lippen zur Akademie hinüberstarrte, über eine Grabsteinhandlung hinweg, deren Lieferwagen der Bildhauer Dietzsch, der hin und wieder Grabsteinreliefs schlug und schon damals im Haus Wolfsstein wohnte, für nächtliche Schwarzfahrten mit Material und unserem Bauschutt nutzte.

Die Sisalagave war eine baumgroße Pflanze mit Blättern, die den Armen eines Riesenkraken glichen und zu den Wohnungen der oberen Etagen griffen. Die Wohnungen gingen von Galerien ab, von denen aus man wie von Schiffsdecks hinuntersah auf Posaunist Bambulas mit Vorhängeschlössern gesichertes Materiallager, die Kinderbadewannen, die im Sommer zum Vergnügen von uns Kindern im Garten aufgestellt wurden, die mit Korken besteckten Dornen an den Armen der Sisalagave. Sie stammte, hatte Vater gehört, von einer Mutterpflanze aus der Großen Borngasse, Carus selbst sollte sie gezüchtet haben. Seine Schüler und Freunde hatten Ableger bekommen, sie waren über ganz Dresden verteilt, später sah ich bei Kleine-Natrop eine ähnliche Agave, beim Orthopäden Büschelberger, bei Ursula Baring und in der Vorstadt Plauen, in einem Haus, in dem der spätere Bundesinnenminister Gerhart Baum aufgewachsen war; die Carus-Agaven, sagte Vater, die Pflanzen der Carusianer.

Im Ständehaus an der Brühlschen Terrasse brannte nun kein Licht mehr, der Carusianer Oswald Trützschler hatte für diesmal seine Forschungen beendet.

Übrigens ist es mir gelungen, sagte Vater, den Cruzeliusschen Aufsatz, von dem mein Freund Zimmermann gesprochen hat, in den Katakomben unserer Landesbibliothek ausfindig zu machen. Ich werde in die Eisenstuckstraße gehen und meinem kranken Freund Zimmermann sagen müssen, daß er unrecht hat; gerade in diesem Cruzeliusschen Aufsatz wird nicht in Frage gestellt, daß es sich bei den »Eichen am

Meer« um eine Darstellung der Insel Vilm handle, im Gegenteil, Cruzelius, der bedeutende Gelehrte und Nestor der Dresdner Romantikforschung, erwähne wie selbstverständlich den Zusammenhang zwischen diesen Eichbäumen und der Insel Vilm. Vater schüttelte den Kopf: Er muß schlecht gelesen oder andere Gründe für seine Attacke haben; ich verstehe ihn nicht, und es ist der gleiche Artikel, den er mir gezeigt hat. Es gibt auch keinen anderen Artikel, jedenfalls nicht im Fundus der Landesbibliothek, der die Zimmermannsche Behauptung über eine Cruzeliussche, auf das Carus-Gemälde »Eichen am Meer« gemünzte, Anti-Vilm-Behauptung stützen könnte. Aber er ist krank, Fabian, sehr krank, die Wismut fordert ihren Tribut. Ich habe dir von meiner ersten Geburt erzählt, damals begannen sie auch im Osterzgebirge zu graben, nachdem sie im Westerzgebirge und in Thüringen schon gegraben hatten. Ronneburg und Schlema, wo die Menschen müde sind und die Wände voller Radongas. Ich habe die Kumpel untertage besucht, dort saßen sie auf Kisten mit

Uran und aßen ihre Frühstücksbrote. Keiner hatte ihnen gesagt, was das ist und was das macht, worauf sie sitzen und ihre Frühstücksbrote kauen. Mein Freund Zimmermann hat einen Tumor im Magen, einen Krebszapfen, der immer weiter wächst und den Magen allmählich ausfüllt.

Die Monde von Dresden, sagte Vater. Er besaß ein Skizzenbuch von Carus, in dem, auf der letzten Seite, *Die Monde von Dresden* und darunter *Die Carus-Sachen* geschrieben stand, die zweite Notiz in anderer, in Vaters Schrift, verwischte Bleistiftzüge, ohne Erklärung.

Uhren Lommatzsch

Schubertstraße

an der Bautzener Straße

Schubertstraße 26

Pathologie

Blaues Wunder, vor der Villa Marie

Blick auf Schillerstraße, Schevenstraße

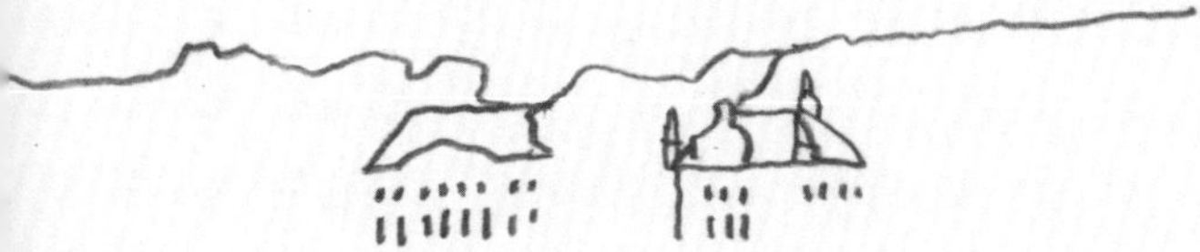

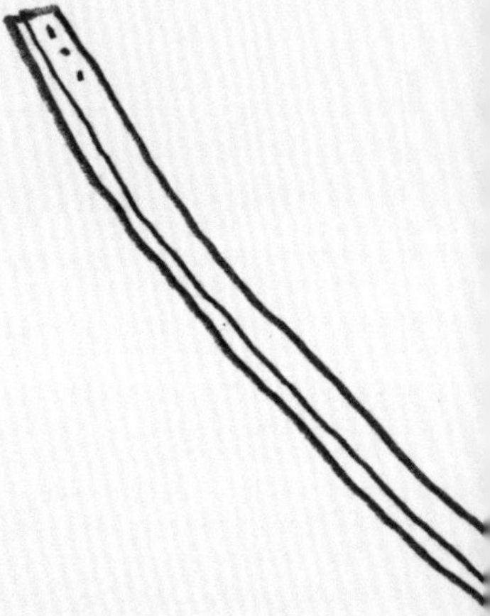

Schwebebahn

Waldschlösschenbrücke

Kaserne Marienallee

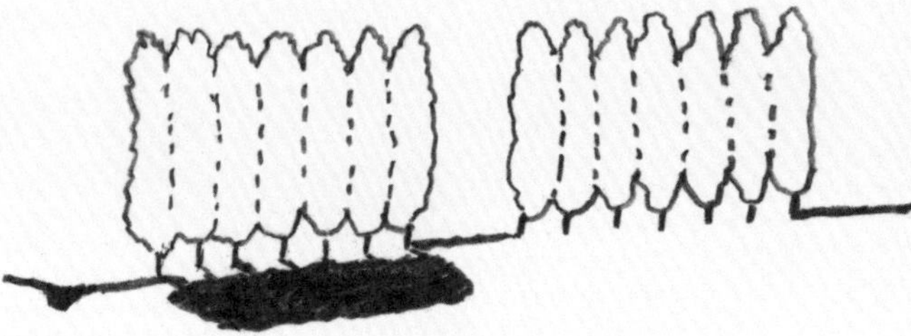

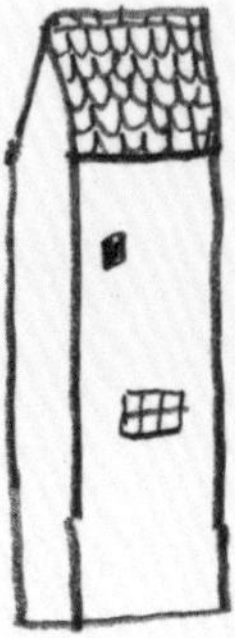

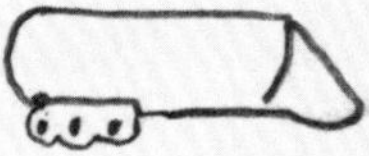

Erstausgabe 2017, Edition Eichthal. Erste Auflage 2018.

Gestaltung: Andreas Töpfer, Berlin. Bezugspapier: Andreas Töpfer, Berlin. Gesetzt in der Lapture und der Super Grotesk. Gedruckt auf holzfreies, alterungsbeständiges Werkdruckpapier der Firma Cordier, Bad Dürkheim, von der Memminger MedienCentrum AG. Gebunden in Fadenheftung von der Josef Spinner Großbuchbinderei GmbH, Ottersweier. Printed in Germany.

ISBN 978-3-458-19460-6

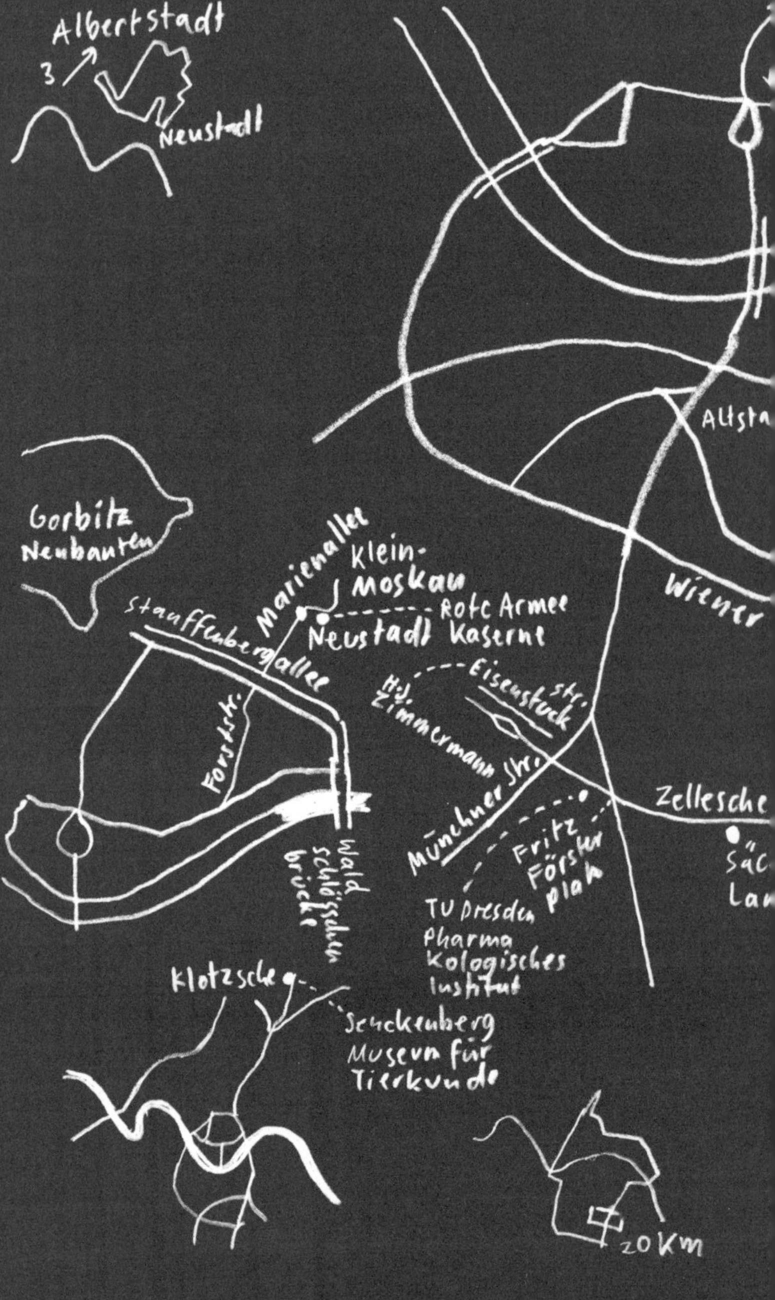

Albertstadt
3
Neustadt
Altsta
Gorbitz Neubauten
Marienallee
Klein-Moskau
Stauffenbergallee
Rote Armee Kaserne
Neustadt
Wiener
H.J. Zimmermann Str.
Eisenstuck str.
Forststr.
Zellesche
Münchner Str.
Waldschlößchen brücke
Fritz Förster platz
TU Dresden Pharma Kologisches Institut
Klotzsche
Senckenberg Museum für Tierkunde
20 KM